관심한 사랑 정의
항상 갑사드립니다!

GARBAGE TIME

DASAN COMICS

매일매일 새로운 재미, 가장 가까운 즐거움을 만듭니다.

한국을 대표하는 검색 포털 네이버의 작은 서비스 중 하나로 시작한 네이버웹툰은 기존 만화 시장의 창작과 소비 문화 전반을 혁신하고, 이전에 없었던 창작 생태계를 만들어왔습니다. 더욱 빠르게 재미있게 좌충우돌하며, 한국은 물론 전세계의 독자를 만나고자 2017년 5월, 네이버의 자회사로 독립하여 새로운 모험을 시작하였습니다.
앞으로도 혁신과 실험을 거듭하며 변화하는 트렌드에 발맞춘, 놀랍고 강력한 콘텐츠를 만들어내는 한편 전세계의 다양한 작가들과 독자들이 즐겁게 만날 수 있는 플랫폼으로 거듭나고자 합니다.

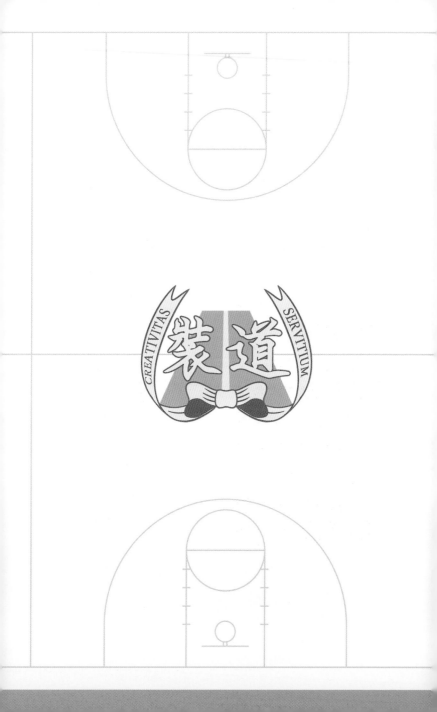

CONTENTS

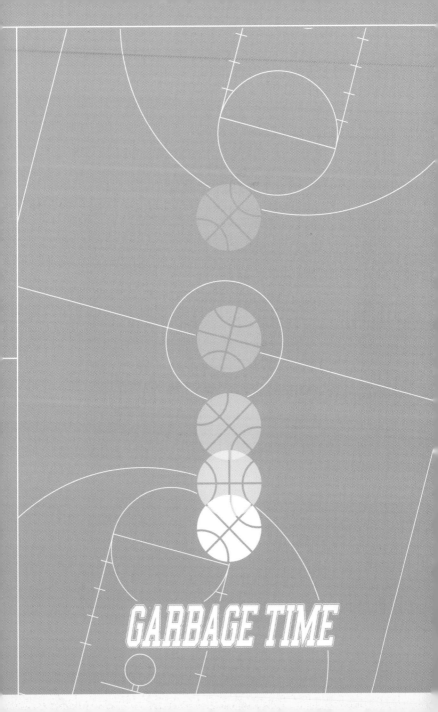

GARBAGE TIME

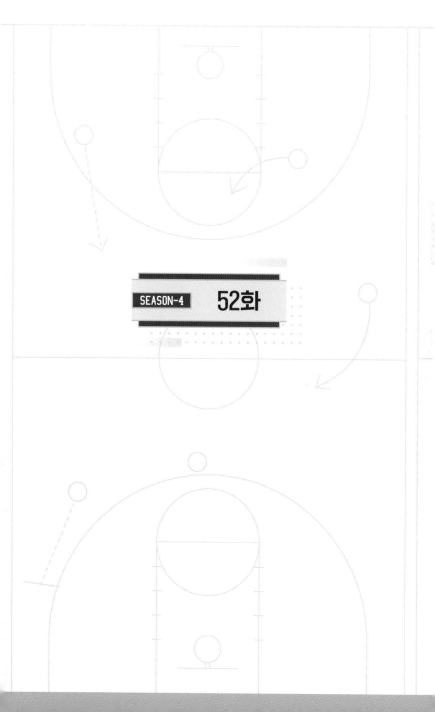

SEASON-4　　52화

GARBAGE TIME

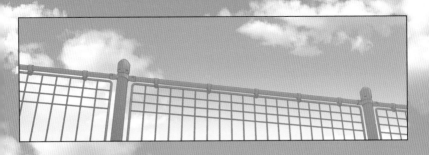

......

최종수 군.

저번이랑은
대답이
달라졌는데

뭔가 이유가
있을까요?

그냥…

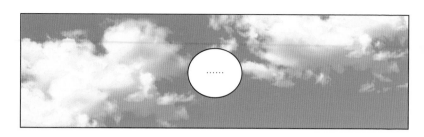

祝 지상고등학교 농구부 우승 경

인제는…

우리도 많이 분석당할 거란 말이지.

다음 대회에도 이만한 성적을 내기는 쉽지 않을 기다.

그래가

다음 대회 우리의 현실적인 목표는…

당연히

우승이죠.

그래.

쉽지 않은 건

늘
똑같았으니까.

20

재밌을 기다.

GARBAGE TIME END

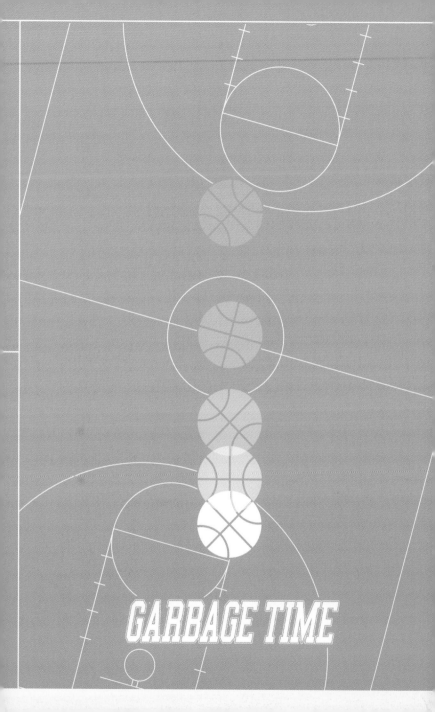

GARBAGE TIME

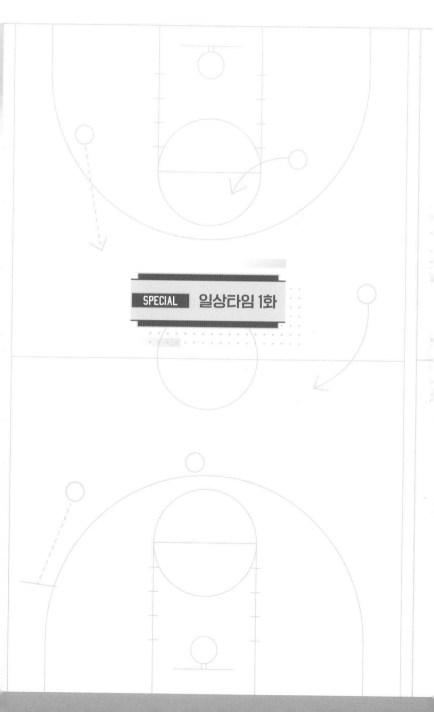

SPECIAL 일상타임 1화

일상

GARBAGE TIME

유스캠프

쌍용기
농구 대회가 끝나고
얼마 되지 않은 시점.

프로 농구
협회에서
주관하는

전국 고등부
유스 트레이닝
캠프.

노수민

박교진

김예온

도정락

어찌저찌
하다보니
알 만한 친구들은
전부 다 모였다!

농구화

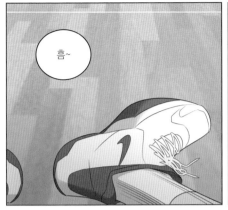

흠~

대회도
끝났는데
농구화 함
바꿀까?

어예
고르지?

희차이!

니
농구화 고를 때
뭔 기준으로
고르노?

무조건
가벼운 거!

0.1초라도
더 빨리 달릴라면은
1그램이라도 더
가벼워야 된다!

햄은요?

농구는 아무래도
방향 전환이 중요하니까
접지력이 우선이지.

쿠션감!

발을
안정감 있게
꽉 잡아주는 거!

걍 엄마가
사 주는 거 신음.

오랜만이다?

뭐 할 말 있어?

아,
아닙니다….

준수 햄은요?

조던이
쓰레빠 신었다고
너한테 지겠냐!?

연습하는데
귀찮게 하지 말고
그냥 아무거나
신어!

31

네, 넵…

쳇,
준수 햄…

자기는 왕 비싼
패션 농구화 같은 거
신고 있으면서…

으악!?

아으…

좀
비켜줄래?

36

신우 형님,
훈련이나
계속하시죠.

으, 응…!

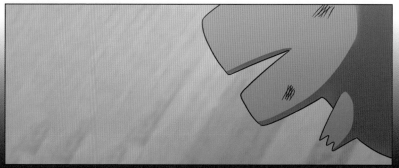

전국 고교 농구대회
(남고부)
優 勝
韓國中高籠球

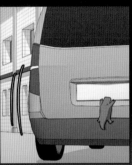

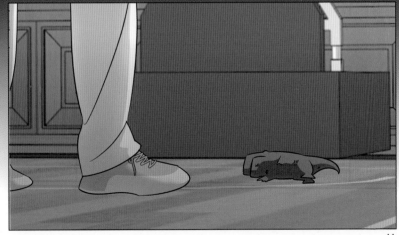

사람이 죽으면
먼저 멸종돼 있던
티라노가 마중 나온다는
얘기가 있다.

나는 이 이야기를
무척 좋아한다.

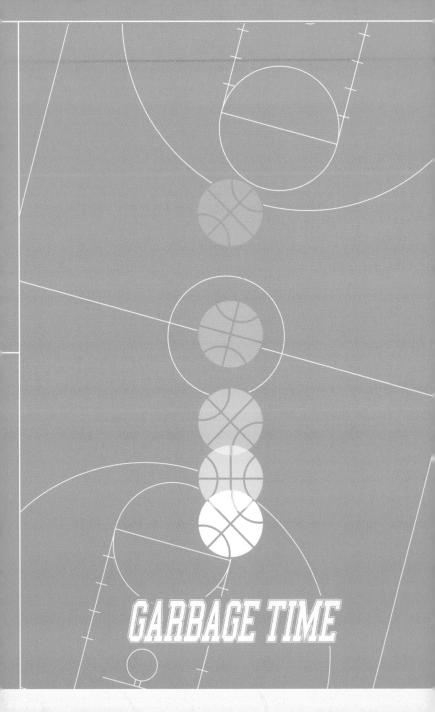

GARBAGE TIME

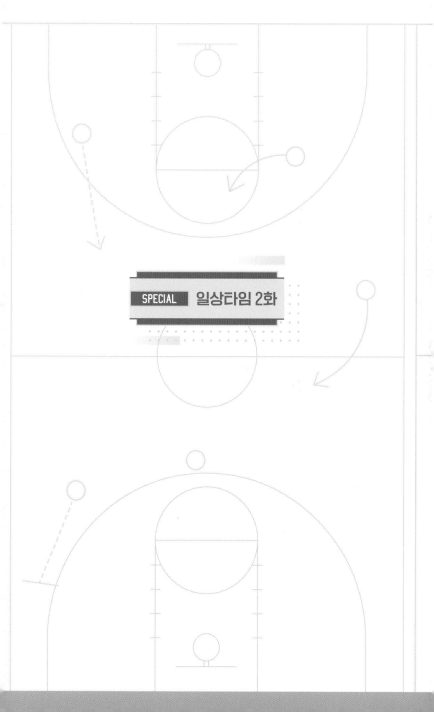

SPECIAL 일상타임 2화

일상

GARBAGE TIME

공룡을 좋아하는 친구인 모양이군.

혹시

'브루하트카요 사우루스'에 대해 알고 있나?

표본이 없기에
브루하트카요 사우루스가
가장 큰 공룡이라는 주장은
힘을 얻지 못하고 있어.

최대 크기의
공룡으로 가장
지지받고 있는 건…!

아르겐티노 사우루스다!!!

후기 백악기 아르헨티나에서 서식했던 용각류 초식 공룡.
키 21.4m, 몸길이 41m, 몸무게는 70톤으로 추정된다.

신뢰

너 이 자식
운 좋게
우승한 주제에
실실거리지 마!

장도고는
패배했을지언정
종수 형님은 승리했다!
나머지들이
못한 거뿐이야!

56

근데 햄
저한테
졌잖아요.

일대일 뜰래?

......

수가
뻔히 보인다고!

크윽…

좀
비켜줄래?

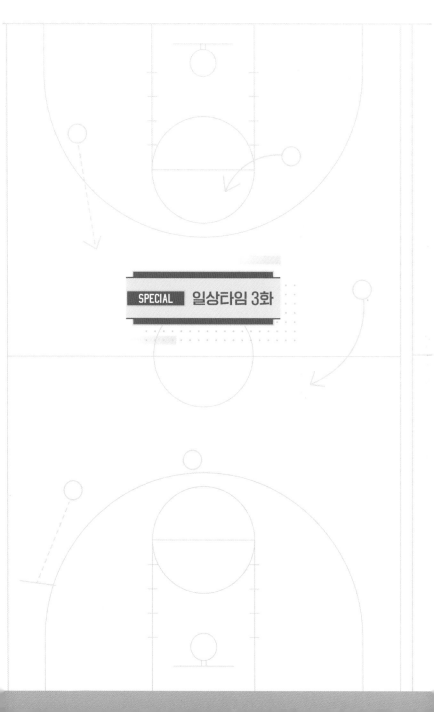

SPECIAL 일상타임 3화

일상
GARBAGE TIME

연습 삼아
오 대 오 한 게임
뛰실 분!?

떱!

스멀

스멀

팀 어떻게
정하지?

세계관 최강자들끼리
가위바위보 한 다음에
순서대로 한 명씩 뽑죠.

세계관 최강자가 누군데?

님들이요.

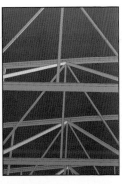

그 후
쭉쭉 진행된
드래프트.

준수야,
방해만
하지 마라.

아 씨
왜 얘랑
같은 팀이야?

상호는
적당한 순위에
행복하게
뽑혔습니다.

재.

그렇게
확정된 팀.

종수팀 (검정 상의)	병찬팀 (흰색 상의)
종수	병찬
재석	이규
국민	휘성
영중	승대
인석	상언
준수	다은
창현	재유
상호	찬양
태성	수민
수진	신우
희찬	초원
보석	

(출전 시간은 눈치껏 공평하게 나눠가면서)

경기 시작!

10 : 00

종수팀   병찬팀

1

00 : 00

애들아~

백코트 좀 해~
계속 속공만
나오잖아.

어슬렁

지는.

전영중
단독 찬스!

전영중!

앗!

볼 나갔다! 턴오버!

아, 영중이 형! 왜 안 하던 걸 하고 그래요!?

미안 미안~!

젠장~!

아무도 수비를 안 하니까 속공밖에 안 나오잖아!

텐션이 너무 낮아!

재밋겠는데?

가봅시다!

패스 패스 패쓰!!!

종수 형님.

오른쪽으로
가다가

멈춰서
점프슛.

막아보십쇼.

야!
오른쪽이라 해놓고
왼쪽으로 가는 건
뭐야!?

예?
저는 단지
상대방의 시점을
기준으로 말한 거
뿐인데…

그렇게 말하는
미친놈이 어딨어!?

기ㅅ…

별
이상한 놈이
다 있네.

……

패스!

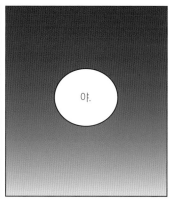

야.

오른쪽으로
가다가

왼쪽으로 가서
스핀무브 이후에
멈춰서 스텝백
점프슛하는 척하다가
밑으로 파고들어서
레이업.

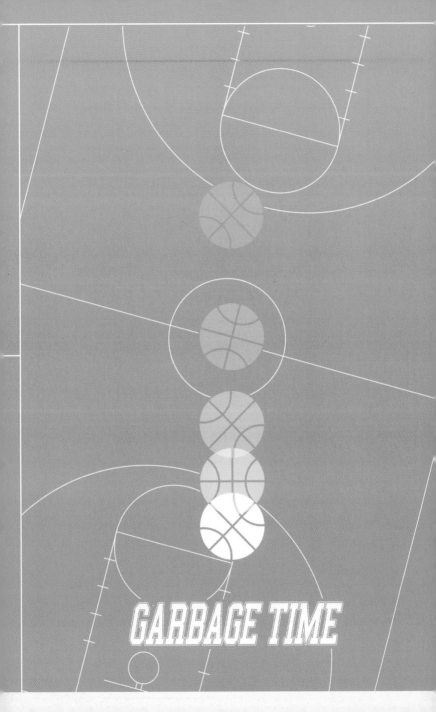

GARBAGE TIME

SPECIAL 일상타임 4화

일상

~~GARBAGE TIME~~

굿패스!

키야~
패스 좀
할 줄 아시네!

**나이스
덩크다!**

병찬이 형!

게임은
하루에 20분인 거
알죠!?

알아 알아!
어차피 사람 많아서
더 뛰고 싶어도
못 뛰어!

말 나온 김에
잠깐 쉴까?

재유!

다음에
볼 데드 되면
나랑 교체다!

네.

―라고
말하자마자
볼 데드.

오!
재유 햄
나왔다!

현재 멤버	
종수팀	병찬팀
인석	승대
보석	휘성
영중	초원
준수	찬양
희찬	재유

요~
진재유~

오랜만이네.
잘 부탁한다.

오냐.

오옷!
드디어 소문으로만
들었던 콤비 등장!

훗.
다음이 녀석.
블랙홀에 대해
꽤나 잘 알고 있군.

실제로 항성의 질량이
찬드라세카르 한계를 넘어서면
수축하기 시작하니까.

자네
혹시

'찬드라세카르 한계'가
뭔지 알고 있나?

훗.

전자 축퇴압으로 백색왜성이 붕괴되지 않는 최대 질량을 말한다.

백색왜성이… 뭔데…?

항성의 연료가 소진된 후 행성상성운 상태를 거치고 난 핵을 말한다.

행성상성운이… 뭔데…?

발광성운의 일종으로

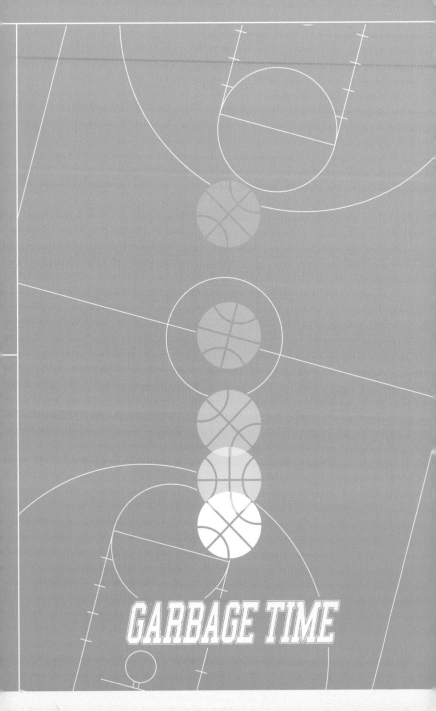

GARBAGE TIME

SPECIAL 일상타임 5화

일상
GARBAGE TIME

조형석.

조재석의 형.

원중고
103회 졸업생
조형석

KOREA

국가대표 가드.

현재
부산 조선제과
티렉스 소속.

이번
유망주 캠프에서
스킬 코치를 맡았다.

현재 멤버

그렇게
재개된 2쿼터 경기!

종수팀(블랙)	병찬팀(화이트)
인석	승대
영중	수민
종수	형석
준수	초원
상호	찬양

(조형석은 5분만 뛰기로 합의 봄.)

야!

저기.

일단
니가 맡아.

슈팅…

키는
190 정도…

가장
조심해야 할 건

역시…

어어!?

*하프라인 근처에서 던지는 슛.

…!

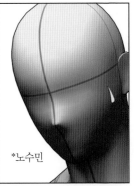

*노수민

06 : 24

종수팀   병찬팀

2

영점이란 건

42 : 41

*아무도 수민이를 좋아해주지 않아서 수민이는 이제부터 드로잉 프로그램에 기본으로 내장되어 있는 3D 피규어로 대체됩니다.
수민이를 되돌리고 싶다면 댓글로 "수민아 사랑해"를 작성해주시기 바랍니다.

게임 시작 전에
맞춰놓는 거야.

헤이!

NCAA 출신은
이 정도 수준이란
말이지….

뚫었어!?

오와아악!!!

06 : 15
종수팀   병찬팀
2
44 : 41

121

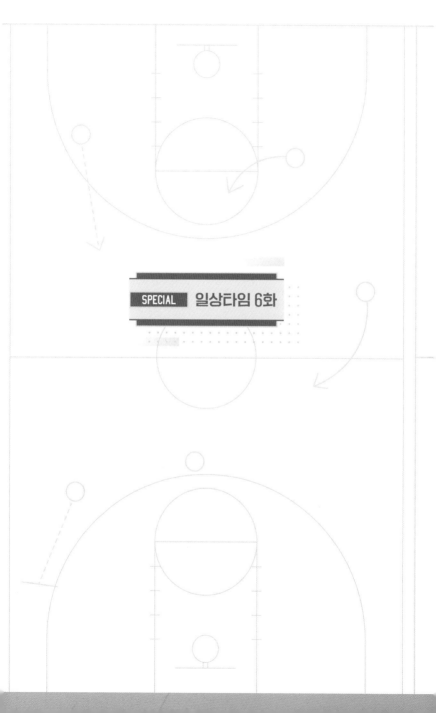

SPECIAL 일상타임 6화

일상

GARBAGE TIME

마! 상호!

몇 점째 주는 긴데!?

쫌 막아보라고!

기다려봐요! 이제 분석 완료했으니까!

흠~

얘가 재석이랑 최종수를 꽤 잘 막았단 말이지…

기대한 만큼은 아닌 거 같은데.

야.

…

살짝
긁어볼까?

그런 실력으로
어떻게 재석이를
상대한 거야?

운이
좋았던 거
아니야?

수비가 너무
헐렁하잖아.

나한테
처음부터 다시
배워야겠는데?

갑자기 저한테
왜 이러시는 거죠…?

그냥.

온다!

스텝백!

점퍼!

속공!

완전히
열렸다!

02 : 09

종수팀   병찬팀

2

46 : 49

우수진,
간땡이가 부은 듯한
드리블 돌파!

전영중
코너 오픈!

미스!

수비 리바운드
김다은!

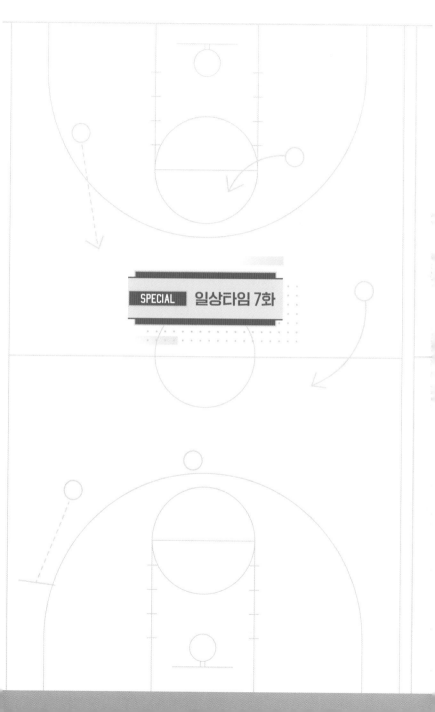

SPECIAL 일상타임 7화

일상

GARBAGE TIME

성지수

성지수

중학교
3학년.

성준수의
동생.

야!
준수!

니 동생
아니야?

149

같이 가실 분?

근데…
저 오빠는
왜…

155

부하

종수 ⟵ 상언

태성 ⟵ 수민

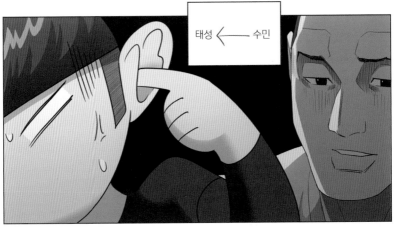

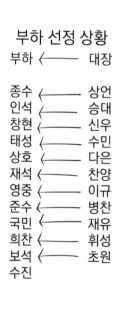

부하 선정 상황

부하 ⟵ 대장

종수 ⟵ 상언
인석 ⟵ 승대
창현 ⟵ 신우
태성 ⟵ 수민
상호 ⟵ 다은
재석 ⟵ 찬양
영중 ⟵ 이규
준수 ⟵ 병찬
국민 ⟵ 재유
희찬 ⟵ 휘성
보석 ⟵ 초원
수진

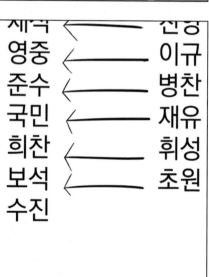

제석 ⟵ 선정
영중 ⟵ 이규
준수 ⟵ 병찬
국민 ⟵ 재유
희찬 ⟵ 휘성
보석 ⟵ 초원
수진

조심히
드가래이~!

네…
푹 쉬세요….

그리고…

…상호도….

퀘이사

그날 밤

……

야.

니 자리 가서 자.

부하는 명령할 수 없습니다.

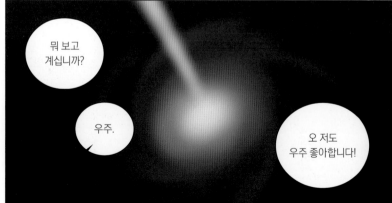

뭐 보고 계십니까?

우주.

오 저도 우주 좋아합니다!

혹시 블랙홀이 어떻게 만들어지는지 아십니까?

대충은.

별의 질량이 안X레이키릴렌코 한계를 넘어서면 블랙홀이 된답니다.

저 잘 알죠?

…그래.

우주 영상에서 제일 좋아하시는 게 뭡니까?

퀘이사.

왜죠?

우주에서 제일 밝게 빛나는 천체래.

그만큼 파괴적이면서도

제트랑 충격파로 새로운 별을 만들어내기도 한다더라.

……

163

그 순간!

올스타

님들!

놀러 가실?

뭐 하고
놀아?

숙소 통금 시간
일탈을 시도하려는
친구들!

165

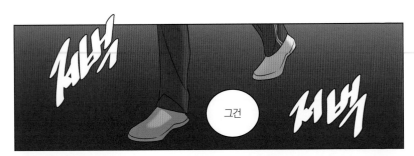

그건

일단 나가서
생각하면 됨!

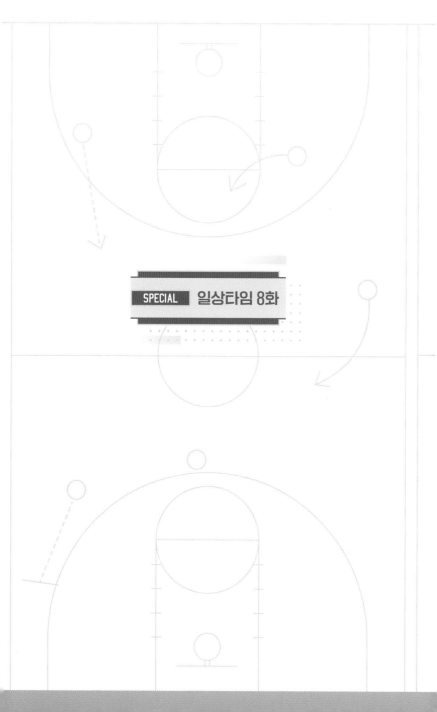

SPECIAL 일상타임 8화

일상

GARBAGE TIME

근데 우리 이제 뭐 함?

그걸 햄이 물어보면은 어떡해요!?

햄이 나오자고 했잖아요!

경도 하자!

경도! 경도!

님 초딩임?

종수 형님의 장점 말하기 게임!

그게 뭔데 붕X야.

아 씨
오락실이나
갈까…

이 시간에
연 데가 있어요?

있어도
우리 같은 미성년자는
청소년 보호법 때문에
못 들어갈걸.

…미성년자
셨군요…?

…?

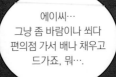

에이씨…
그냥 좀 바람이나 쐬다
편의점 가서 배나 채우고
드가죠, 뭐….

어?

햄들도
나왔어요!?

아까는
안 간다면서….

갑자기
배가 고파가지고
뭐 좀 먹으려고.

어떻게 이렇게 덩치 큰 애들이 우르르 다 나올 수 있는 거야…?

숙소 보안 시스템에 사각지대가 있는 게 틀림없어…

그럼

이쪽 팀 그쪽 팀 내기해서 진 팀이 먹을 거 사 주기 어때요!?

좋은데?

근데 무슨 내기?

팔씨름 갑시다!

콜!

ㄴㄴㄴㄴㄴㄴ 팔씨름 말고 딴거 딴거!!!

그렇게 하게 된
릴레이 팔씨름.

올스타 팀	vs	나쁜 거인 팀
첫 번째	재석	찬양
두 번째	수진	초원
세 번째	상호	보석
네 번째	창현	국민
다섯 번째	수민	휘성
여섯 번째	상언	인석
일곱 번째	다은	승대

(이기면 다음 순서 상대와 대결하는 방식)

그 뒤로 쭉쭉
진행되는 경기…

~~재석~~	~~창양~~
수진	~~조원~~
상호	보석
창현	국민
수민	휘성
상언	인석
다은	승대

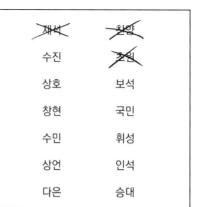

버섯맨!
최대한 힘만
빼놓으셈!

아오~!

~~재석~~	~~창양~~
~~수진~~	~~조원~~
상호	보석
창현	국민
수민	휘성
상언	인석
다은	승대

황보석,
힘 빠진 채로
기상호까지
개같이 컷!!!

으엑!

기대도 안 했다,
상호야!

~~재석~~	~~창양~~
~~수진~~	~~조원~~
~~상호~~	보석
창현	국민
수민	휘성
상언	인석
다은	승대

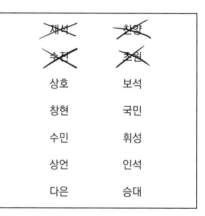

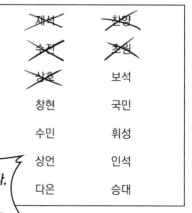

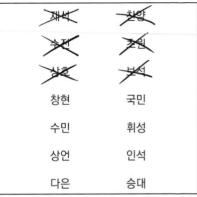

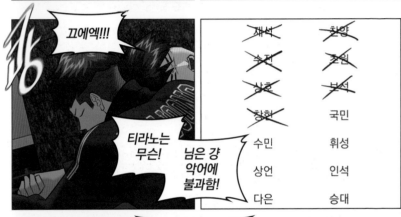

180

망할…!

이래 되면
다은 햄이 4연승
해야 되는데…!

상언 햄이
체급에 비해
포스트를 잘 치기는
했는데…

내 차견가?

그래도
빅맨들만 한
파워는 아니고….

햄!
최대한 버텨가
힘 다 빼놔요!!!

걱정 마셈.

시~

181

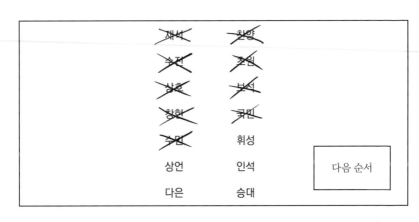

~~재석~~	~~찬양~~	
~~우진~~	~~준원~~	
~~상후~~	~~보석~~	
~~창현~~	~~규민~~	
~~주민~~	휘성	
상언	인석	다음 순서
다은	승대	

고상언 VS 이휘성!!!

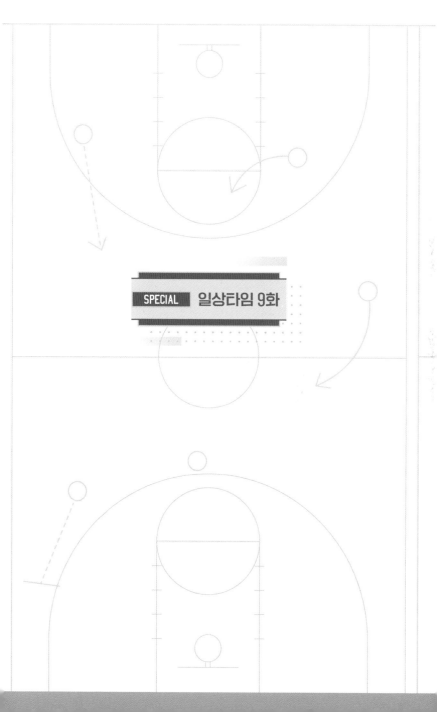

SPECIAL 일상타임 9화

일상

GARBAGE TIME

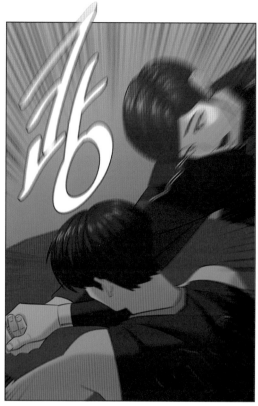

우오오옷!!!

휘성이 형까지…!

번째	~~재석~~	~~찬양~~
두 번째	~~수진~~	~~초원~~
세 번째	~~상호~~	~~보석~~
네 번째	~~창현~~	~~규민~~
다섯 번째	~~주민~~	~~휘성~~
여섯 번째	상언	인석
일곱 번째	다은	승대

고상언
2연승!

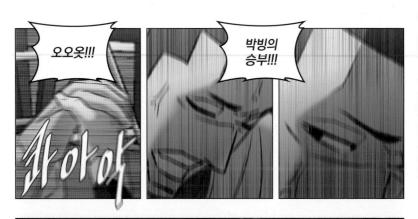

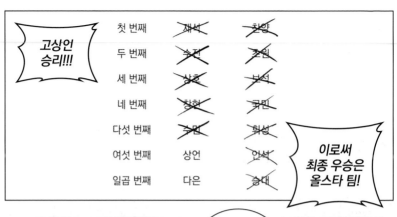

와하하
풍선 근육!

풍선의 거인이
되신 것을
축하드립니다!

이제 너도
거인이네…?

식탁
부서짐.

님들 근데
큰일 남.

……

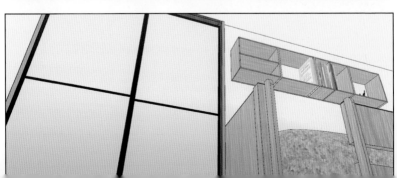

덩크슛

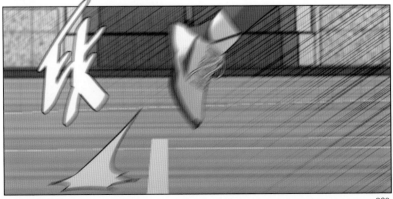

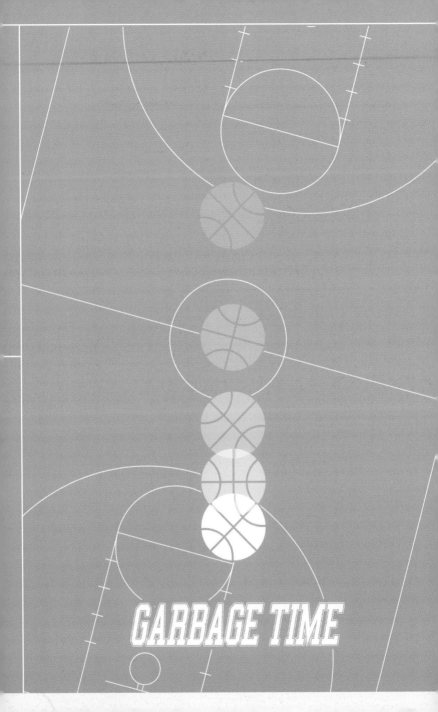

GARBAGE TIME

SPECIAL 일상타임 10화

일상

GARBAGE TIME

아
부상 땜에.

······

그게 되겠나
X시야.

내 직접
보여주게.

거 가만히
있으래이.

오!

플라잉 니킥 제대로 들어갔다!!!

마
상호
괜안나!?

정신
차리라!

하.

멍청한 자식들,
농구 한다는 놈들이
아직도 덩크 하나 제대로
못 하는 거냐?

야,
왜 그래….

오~

우리도
질 수 없지.

안녕

잘 지내요.

다들.

마, 빤질이들.

캠프서 농구
잘 배우고
왔나?

네~

재밌었나?

네.

SPECIAL END

EXTRA EDITION 눈물이 주루룩

〈2024 내일 뭐 입지?〉 12화 공개작

GARBAGE TIME

'착시 룩'

좋아하는 사람과
함께 있는 순간에
패션 따위가
무슨 소용일까요?

중요한 건
우리들 가슴속의
패션(Passion, 열정)이 아닐까
조심스레 생각해봅니다.

가비지타임 20

초판 1쇄 인쇄 2024년 9월 1일
초판 1쇄 발행 2024년 10월 15일

지은이 2사장
펴낸이 김선식

부사장 김은영
제품개발 정예현, 윤세미 **디자인** 정예현, 정지혜(본문조판)
웹툰/웹소설사업본부장 김국현
웹소설팀 최수아, 김현미, 여인우, 이연수, 장기호, 주소영, 주은영
웹툰팀 김호애, 변지호, 안은주, 임지은, 조효진
IP제품팀 윤세미, 설민기, 신효정, 정예현, 정지혜
디지털마케팅팀 지재의, 박지수, 신현정, 신혜인, 이소영, 최하은
디자인팀 김선민, 김그린
저작권팀 윤제희, 이슬
재무관리팀 하미선, 권미애, 김재경, 윤이경, 이슬기, 임혜정 **제작관리팀** 이소현, 김소영, 김진경, 박예찬, 이지우, 최완규
인사총무팀 강미숙, 김혜진, 지석배, 황종원 **물류관리팀** 김형기, 김선민, 김선진, 전태연, 주정훈, 양문현, 이민운, 한유현
외부스태프 하마나(본문조판)

펴낸곳 다산북스 **출판등록** 2005년 12월 23일 제313-2005-00277호
주소 경기도 파주시 회동길 490
전화 02-704-1724 **팩스** 02-703-2219 **이메일** dasanbooks@dasanbooks.com
홈페이지 www.dasan.group **블로그** blog.naver.com/dasan_books
종이 더온페이퍼 **출력·인쇄·제본** 상지사 **코팅·후가공** 제이오엘엔피

ISBN 979-11-306-5626-7 (04810)
ISBN 979-11-306-5621-2 (SET)